O MÉDICO

Rubem Alves

O MÉDICO

Capa	Fernando Cornacchia
Imagem de capa	Excerto do quadro *O médico* (1891), de Sir Samuel Luke Fildes (1843-1927) – Tate Gallery, Londres
Copidesque	Lúcia Helena Lahoz Morelli
Revisão	Ademar Lopes Jr.

Dados Internacionais de Catalogação na Publicação (CIP)
(Câmara Brasileira do Livro, SP, Brasil)

Alves, Rubem,
O médico/Rubem Alves. – 9ª ed. – Campinas, SP: Papirus, 2012.

ISBN 978-85-308-0672-9

1. Doenças 2. Medicina como profissão 3. Médico e paciente 4. Médicos – Responsabilidade profissional 5. Saúde – Promoção 6. Saúde e doença I. Título.

12-01375   CDD-610.6952

Índice para catálogo sistemático:

1. Médicos: Medicina   610.6952

As crônicas que compõem esta obra foram publicadas no jornal *Correio Popular*. Algumas delas encontram-se também em outras obras do autor.

9ª Edição – 2012
11ª Reimpressão – 2024

Exceto no caso de citações, a grafia deste livro está atualizada segundo o Acordo Ortográfico da Língua Portuguesa adotado no Brasil a partir de 2009.

Proibida a reprodução total ou parcial da obra de acordo com a lei 9.610/98.
Editora afiliada à Associação Brasileira dos Direitos Reprográficos (ABDR).

DIREITOS RESERVADOS PARA A LÍNGUA PORTUGUESA:
© M.R. Cornacchia Editora Ltda. – Papirus Editora
R. Barata Ribeiro, 79, sala 316 – CEP 13023-030 – Vila Itapura
Fone: (19) 3790-1300 – Campinas – São Paulo – Brasil
E-mail: editora@papirus.com.br – www.papirus.com.br

Dedico este livro ao meu filho Sérgio, que vive as alegrias e os sofrimentos da sua vocação: é médico.

SUMÁRIO

	APRESENTAÇÃO	9
I.	O MÉDICO	11
II.	O MÉDICO À PROCURA DO SER HUMANO	17
III.	EM DEFESA DA VIDA	23
IV.	O ANESTESISTA	31
V.	A DOENÇA	39
VI.	O ACORDE FINAL	45
VII.	A CHEGADA E A DESPEDIDA	51
VIII.	SAÚDE MENTAL	59
IX.	A MORTE COMO CONSELHEIRA	65
X.	QUERO VIVER MUITOS ANOS MAIS...	77
XI.	*TEMPUS FUGIT – CARPE DIEM*	83

APRESENTAÇÃO

Instrumentos musicais existem não por causa deles mesmos mas pela música que podem produzir. Dentro de cada instrumento há uma infinidade de melodias adormecidas, à espera de que acordem do seu sono. Quando elas acordam e a música é ouvida, acontece a Beleza e, com a Beleza, a Alegria.

O corpo é um delicado instrumento musical. É preciso cuidar dele, para que ele produza música. Para isso, há uma infinidade de recursos médicos. E muitos são eficientes.

Mas o corpo, esse instrumento estranho, não se cura só por aquilo que se faz medicamente com ele.

Ele precisa beber a sua própria música. Música é remédio. Se a música do corpo for feia, ele ficará triste – poderá mesmo até parar de querer viver. Mas se a música for bela, ele sentirá alegria, e quererá viver.

Em outros tempos, os médicos e as enfermeiras sabiam disso. Cuidavam dos remédios e das intervenções físicas – bons para o corpo – mas tratavam de acender a chama misteriosa da alegria. Mas essa chama não se acende com poções químicas. Ela se acende magicamente. Precisa da voz, da escuta, do olhar, do toque, do sorriso.

Médicos e enfermeiras: ao mesmo tempo técnicos e mágicos, a quem é dada a missão de consertar os instrumentos e despertar neles a vontade de viver...

I
O MÉDICO

... e, de repente, um canto de minha memória que o esquecimento escondera se iluminou, e eu o vi de novo, do jeito como o havia visto pela primeira vez: o quadro. Vejo-me, menino, na sala de espera do consultório médico. Estou doente. Meus olhos assustados passeiam pelos objetos à minha volta, até que o encontram. Pendia, solitário, na parede branca. Levanto-me e me aproximo, para ver melhor. Leio o nome da tela: *O médico*.

É a sala de uma casa. Cena familiar.

Tudo está mergulhado na sombra, exceto o lugar central, iluminado pela luz de um lampião. Mas a luz é inútil. O lugar mais iluminado é o mais obscuro: uma menina doente. A clareza dos detalhes só serve para indicar o lugar onde o mistério é mais profundo. Quando a luz se acende sobre o abismo, o abismo fica mais escuro. Seus olhos estão fechados, mergulhados em um esquecimento febril. Nada sabe do que acontece à sua volta. Por onde andará ela? Infinitamente longe, num lugar ignorado, onde gesto algum poderá tocá-la. Seu braço pende, inerte, sobre o vazio.

 O lampião ilumina a menina doente. Mas os olhos de quem examina a tela com atenção desconfiam e percebem a presença de uma outra luz. Do lampião a querosene sai uma outra luz que ilumina a menina. Mas a menina doente sai da luz que ilumina a cena inteira: luz triste, luz sombria, que inunda a sala com o seu mistério: a luz da morte. Também a morte tem a sua luz.

 O artista escolheu de propósito. Se, em vez de uma menina, fosse um velho, a morte seria uma outra. A morte tem muitas faces. A morte dos velhos, por mais dolorosa que seja, é parte da ordem natural das coisas: depois do crepúsculo segue-se a noite. A morte dos velhos é triste mas não é trágica. É como o acorde final de uma sonata. O fim é o que deveria ser. Mas a morte de um filho é uma mutilação.

A luz da vida é alegre, brincalhona, esbanja cores, vive de uma exuberância que pode se dar o luxo de desperdiçar. Todos os objetos ficam coloridos ao seu toque – os grandes e os pequenos, os importantes e os insignificantes. A luz da morte, entretanto, só ilumina o essencial. Naquela sala se sabe a verdade essencial. O universo inteiro está encolhido. O centro absoluto, em torno do qual giram todos os mundos, é uma menina doente. De que valem as montanhas e os mares, os homens, seus negócios, seus amores e suas guerras, se naquele quarto uma menina luta com a morte?

Num canto, o casal, pai e mãe, imagens da impotência. Nada sabem fazer, nada podem fazer. A mãe está debruçada sobre uma mesa. Seu rosto está mergulhado no vazio. Só lhe resta chorar. O marido, de pé, pousa a mão sobre o ombro da esposa. Mas imagino que ela não a sente. Naquele momento ela não é nem esposa, nem dona de casa: é mãe, apenas mãe. O gesto do marido, que quererá dizer? Será uma tentativa de consolo, como se dissesse: "Eu estou aqui..."? Pobre consolo! Ou será o contrário, uma discreta busca de apoio, como se dissesse: "Também eu estou desamparado!"? Tudo é *uma despedida pronta a cumprir-se*. E o amor, a coisa mais alegre, revela-se como a coisa mais triste. Diante da morte, o amor ganha cores trágicas.

O pai está vestido com um pesado capote. É estranho! Por que tanto agasalho dentro de casa? O capote nos conta de sua viagem pelo frio, o desamparo em busca de socorro. Doutor, venha depressa! A minha filha... Voltou e nem se lembrou de tirá-lo. Pois que importa o desconforto de um capote dentro de casa quando a filha luta com a morte?

Ao lado da menina, um estranho, assentado: o médico. Pois o médico não é um estranho? Estranho, sim, pois não pertence ao cotidiano da família. E, no entanto, na hora da luta entre o amor e a morte, é ele que é chamado.

O médico medita. Seu cotovelo se apoia sobre o joelho, seu queixo se apoia sobre a mão. Não medita sobre o que fazer. As poções sobre a mesinha revelam que o que podia ser feito já foi feito. Sua presença meditativa acontece depois da realização dos atos médicos, depois de esgotados o seu saber e o seu poder. Bem que poderia retirar-se, pois que ele já fez o que podia fazer... Mas não. Ele permanece. Espera. Convive com a sua impotência. Talvez esteja rezando. Todos rezamos quando o amor se descobre impotente. Oração é isto: essa comunhão com o amor, sobre o vazio... Talvez esteja silenciosamente pedindo perdão aos pais por ser assim tão fraco, tão impotente, diante da morte. E talvez sua espera meditativa seja uma confissão: – Também eu estou sofrendo...

Amei esse quadro a primeira vez que o vi, sem entender. Talvez ele seja a razão por que, quando jovem, por muitos anos, sonhei ser médico. Amei a beleza da imagem de um homem solitário, em luta contra a morte. Diante da morte todos somos solitários. Amamos o médico não pelo seu saber, não pelo seu poder, mas pela solidariedade humana que se revela na sua espera meditativa. E todos os seus fracassos (pois não estão, todos eles, condenados a perder a última batalha?) serão perdoados se, no nosso desamparo, percebermos que ele, silenciosamente, permanece e medita, junto conosco.

Hoje o quadro já não mais se encontra nas salas de espera dos consultórios médicos. A modernidade transferiu a morte do lar, lugar do amor, para as instituições, lugar de poder.

E os médicos foram arrancados dessa cena de intimidade e colocados numa outra onde as maravilhas da técnica tornaram insignificante a meditação impotente diante da morte.

Mas a bela cena não desapareceu. Sobrevive em muitos, como memória e nostalgia, em meio às frestas das instituições. A esses médicos, cujos nomes não é preciso dizer (pois eles sabem quem são), que silenciosamente meditam diante do abismo misterioso da tragédia humana, ofereço a minha própria meditação impotente. Olho para eles com os mesmos olhos do menino que, pela primeira vez, se defrontou com a beleza dessa cena, na sala de espera de um consultório.

II
O MÉDICO À PROCURA DO SER HUMANO

Antigamente a simples presença do médico irradiava vida. Antigamente os médicos eram também feiticeiros. "Mestre, diga uma única palavra, e minha filha será curada...". A vida circulava nas relações de afeto que ligavam o médico àqueles que o cercavam. Naquele tempo os médicos sabiam dessas coisas. Hoje não sabem mais.

Aquele médico ao lado da menina: não se parece ele com um cavaleiro solitário que vai sozinho lutar contra a morte? Naquele tempo os médicos sabiam qual era seu destino. Havia muito sofrimento, sim.

Havia muito medo, sim. Medo e sofrimento são parte da substância da vida. Mas nunca soube de um médico que ficasse estressado. Não são as batalhas que produzem o estresse. As batalhas, ao contrário, dão coesão, pureza, integração ao corpo e à alma. O cavaleiro solitário é um herói com o corpo coberto de cicatrizes mas de alma inteira. Os estressados são aqueles que, sem ter uma batalha a travar, são puxados em todas as direções por uma legião de demônios.

A imagem do cavaleiro solitário que luta contra a morte é uma imagem romântica. Bela. Comovente. Quem não desejaria ser um? Criticam o romantismo. Fernando Pessoa comenta: mas não é verdade que a alma é incuravelmente romântica? O médico de antigamente era um herói romântico, vestido de branco. As jovens donzelas e as mulheres casadas suspiravam ao vê-lo passar. Ainda bem que a consulta permitia o gozo puro do toque da sua mão...

O cavaleiro solitário que luta contra a morte é um santo. Quem, jamais, ousaria pensar qualquer coisa de mau contra o médico? Hoje são comuns os processos contra os médicos por imperícia. Ser médico transformou-se num risco. Porque ninguém mais acredita na sua santidade. Talvez porque eles tenham deixado mesmo de ser santos... Mas naquele tempo as pessoas julgavam que o médico era um santo, e porque as pessoas pensavam assim, eles eram santos.

Eu me apaixonei pela imagem. Queria ser feiticeiro. Queria ser o cavaleiro solitário que luta contra a morte. Queria ser o santo. E esse ideal, para mim, não era uma abstração. Ele tinha um nome: Albert Schweitzer – um dos homens mais geniais do século XX. Organista, escritor, teólogo, fez um trato com Deus: até os 30 anos, faria essas coisas que lhe davam prazer cultural. Depois, iria se dedicar inteiramente aos sofredores. Entrou para a escola de medicina aos 30 e, depois de médico, passou o resto da vida num lugar perdido das selvas africanas, onde construiu um hospital de madeira e sapé, onde distribuía alívio da dor. Claro, nunca ficou rico. Nem teve estresse. Sua bela imagem o fazia feliz. Ganhou o prêmio Nobel da Paz.

Não fui médico. Mas segui pela vida encantado por aquele quadro. O encanto foi quebrado quando fui fazer meu doutoramento nos Estados Unidos. Um dia fui ouvir uma palestra do diretor do hospital da cidade de Princeton, NJ, onde eu estudava. Ele começou sua preleção com esta afirmação que estilhaçou o quadro: "O hospital de Princeton é uma empresa que vende serviços". "Meu Deus!", eu pensei. "Aquele médico não existe mais!". E percebi que, agora, os médicos se encontram lado a lado com os prestadores de serviço, os encanadores, os eletricistas, os vendedores de seguro, os agentes funerários, os motoristas de táxi. É só procurar na lista de classificados. A presença mágica já não existe. O médico é um profissional como os outros. Perdeu sua aura sagrada. E me veio, então, uma definição do médico compatível com a definição que o diretor dera para o hospital de Princeton: "um médico é uma unidade biopsicológica móvel, portadora de conhecimentos especializados, e que vende serviços".

Essa imagem, em absoluta conformidade com as condições sociais e econômicas do mundo moderno, não fez nada comigo. Não me comoveu. Não desejei ser igual.

O mito de Narciso, eu acho, é o mito mais profundo. Todos nós, como Narciso, estamos em busca da nossa bela imagem. Mas para ver a nossa bela imagem temos necessidade de espelhos. Espelhos são os outros. É no rosto dos outros que vemos a nossa própria imagem refletida. Nos tempos antigos todas as pessoas eram espelhos para o médico. Todos o conheciam. Todos olhavam para ele com admiração. Hoje, morto o médico do quadro, o médico é agora procurado não por ser amado e conhecido, mas por constar no catálogo do convênio. Seus espelhos não são mais os clientes, parentes, todo mundo. São os seus pares: colegas de empresa, sócios de consultório, congressos. Perigosas, essas relações entre pares. O primeiro assassinato registrado foi de um irmão que matou o irmão. A relação do médico antigo com seus espelhos era uma relação de gratidão e admiração. A relação do médico de hoje com seus espelhos é uma relação de inveja e competição.

Acho que os médicos, hoje, são infelizes por causa disto: eles resolveram ser médicos por desejar ser belos como o cavaleiro solitário, puros como o santo, e admirados como o feiticeiro. Era isso que estava dentro deles, ao tomarem a decisão de estudar medicina. E é isso que continua a viver na sua alma, como saudade...

É. A vida lhes pregou uma peça. E hoje a imagem que eles veem, refletida no espelho, é a de uma unidade biopsicológica móvel, portadora de conhecimentos especializados, e que vende serviços... Os médicos sofrem por saudade de uma imagem que não existe mais.

III
EM DEFESA DA VIDA

É um homem grande, 1,90 m de altura; obviamente, um homem forte. Seus cabelos castanhos já estão grisalhos. E tem um grande bigode. Seus olhos profundos são azuis e bondosos. E o seu piscar revela humor. Um veadinho se esfrega nele pedindo carinho e sua mão grande deixa a caneta sobre a mesa e delicadamente agrada o bichinho. Lá fora, os crocodilos algumas vezes dormem com suas enormes mandíbulas abertas. E há os hipopótamos, os pelicanos, a vegetação impenetrável que se reflete nas águas barrentas do rio.

A aparência é de um homem solidamente plantado neste mundo. Mas não é verdade. Seu coração e sua cabeça movem-se de acordo com uma lógica estranha de um outro mundo que só ele vê.

Nasceu em 1875, numa aldeia da Alsácia, filho de um pastor protestante. Desde muito cedo ficou claro que ele era diferente. Sua sensibilidade para a música chegava a doer. Ele mesmo conta que, na primeira vez em que ouviu duas vozes cantando em dueto – ele era muito pequeno ainda –, teve que se encostar à parede para não cair. Em outra ocasião, ouvindo pela primeira vez um conjunto de metais, ele quase desmaiou por excesso de prazer. Com cinco anos, começou a tocar piano. Mas logo se apaixonou pelo órgão de tubos da igreja na qual seu pai era pastor. Aos nove anos, já era o organista oficial da igreja, e tocava para os serviços religiosos.

Sentimento amoroso idêntico lhe provocavam os animais. Ele relata que, mesmo antes de ir para a escola, lhe era incompreensível o fato de que nas orações da noite que sua mãe orava com ele apenas os seres humanos fossem mencionados.

"Assim, quando minha mãe terminava as orações e me beijava, eu orava silenciosamente uma oração que compus para todas as criaturas vivas: 'Oh, Pai celeste, protege e abençoa todas as coisas que vivem; guarda-as do mal e faz com que elas repousem em paz'."

Ele conta de um incidente acontecido quando ele tinha sete ou oito anos de idade. Um amigo mais velho ensinou-o a fazer estilingues. Por pura brincadeira. Mas chegou um momento terrível. O amigo convidou-o a ir para o bosque matar alguns pássaros. Pequeno, sem jeito de dizer não, ele foi. Chegaram a uma árvore ainda sem folhas onde pássaros estavam cantando. Então o amigo parou, pôs uma pedra no estilingue e se preparou para o tiro. Aterrorizado, ele não tinha coragem de fazer nada. Mas nesse momento os sinos da igreja começaram a tocar, ele se encheu de coragem e espantou os pássaros.

Seu amor pelas coisas vivas não era apenas amor pelos animais. Ele sabia que por vezes era preciso que coisas vivas fossem mortas para que outras vivessem. Por exemplo, para que as vacas vivessem os fazendeiros tinham que cortar a relva florida com ceifeiras. Mas ele sofria vendo que, tendo terminado o trabalho de cortar a relva, ao voltar para casa, as suas ceifeiras fossem esmagando flores, sem necessidade. Também as flores têm o direito de viver.

Também não podia contemplar o sofrimento dos animais em cativeiro.

"Detesto exibições de animais amestrados. Por quanto sofrimento aquelas pobres criaturas têm que passar a fim de dar uns poucos momentos de prazer a homens vazios de qualquer pensamento ou sentimento por elas."

O nome desse jovem era Albert Schweitzer. Doutorou-se em música, tornou-se o maior intérprete de Bach da Europa, dando concertos continuamente. Doutorou-se em teologia e escreveu um dos mais importantes livros do século XX sobre o tema. Doutorou-se também em filosofia, era professor na universidade de Estrasburgo, e também pastor e pregador.

Schweitzer tinha tudo aquilo que uma pessoa normal poderia desejar. Ele era reconhecido por todos. Mas havia uma frase de Jesus que o seguia sempre: "A quem muito se lhe deu, muito se lhe pedirá". E, aos 20 anos, ele fez um trato com Deus. Até os 30 anos, ele iria fazer tudo aquilo que lhe dava prazer: daria concertos, falaria sobre literatura, sobre teologia, sobre filosofia. Aos 30 anos, ele iniciaria um novo caminho. E foi o que ele fez. Aos 30 anos, entrou para a escola de medicina, doutorou-se, e mudou-se para a África, para tratar de uns pobres homens atacados pelas doenças e abandonados. E lá passou o resto de sua vida.

É preciso entender que Schweitzer não era só um médico curando doentes. Ele não se conformaria com isso.

Dentro dele viviam a música, a filosofia, o misticismo, a ética. Schweitzer sabia que somente o pensamento muda as pessoas. E o que ele mais desejava era descobrir o princípio que vivia encarnado nele. E ele conta que foi numa noite – ele e remadores navegavam pelo rio para chegar a uma outra aldeia. Seu pensamento não parava, e ele se perguntava: "Qual é o princípio ético?". De repente, como um relâmpago, apareceu na sua cabeça a expressão: "reverência pela vida". Tudo o que é vivo deseja viver. Tudo o que é vivo tem o direito de viver. Nenhum sofrimento pode ser imposto sobre as coisas vivas, para satisfazer o desejo dos homens.

Há algo estranho na psicologia de Schweitzer. Um dos maiores desejos da alma humana – de todos – é o desejo de reconhecimento. Na Europa, Schweitzer era admirado universalmente: organista, filósofo, teólogo, escritor. Aos 20 e poucos anos, seu nome já era símbolo. Aí tomou uma decisão que o levaria para longe de todos os olhos que o admiravam: a absoluta solidão de uma aldeia miserável. Hoje, uma decisão como a dele seria imediatamente notada: os jornais e a televisão logo fariam brilhar sua imagem de cavaleiro solitário – e ele apareceria como herói. Seria grande, imensamente grande na sua renúncia! Também as renúncias podem ser motivo de vaidade! (A esse respeito, relembro a última cena do filme *O advogado do diabo*. Merece ser vista de novo.) Mas ele opta pela invisibilidade, pela solidão, longe de todos os olhos e de todos os aplausos. Isso só tem uma explicação: ele era, antes de tudo, um místico. O que lhe importava não era o brilho narcíseo mas a consciência de ser verdadeiro com o princípio de "reverência pela vida", o seu mais alto princípio religioso.

Esse princípio, Schweitzer viveu intensamente. Não é difícil ter reverência pelas coisas fracas: a relva, os insetos, os animais. Fracos, eles não têm o poder de nos resistir. Difícil é ter reverência pelos homens fortes, que se encontram ao nosso lado. Jesus ordenou "amar o próximo". Porque é fácil amar o distante. O próximo é aquele que está no meu caminho, que tem o poder de me dizer não. Mais difícil que amar os doentes, que são carência pura, fraqueza pura, dependência pura, mendicância pura, é amar aqueles que estão ao meu lado e que são tão fortes quanto eu. Reverência pelos que estão ao meu lado. Se Schweitzer se relacionou com os pobres negros doentes por meio da compaixão, ele se relacionou com seus próximos, iguais, companheiros de hospital, por meio de amizade. E ele formula, na sua *Ética*, o princípio de que "um homem nunca pode ser sacrificado para um fim".

Schweitzer não era um ser deste mundo. Talvez ele tenha compreendido isso e essa tenha sido uma das razões por que ele saiu do mundo civilizado, embrenhando-se nas selvas da África. No mundo civilizado, das organizações, será possível ter reverência pelo próximo? Na lógica das organizações não há "próximos" nem amigos. A lógica das organizações diz: "Cada funcionário é apenas um *meio* para *o fim* da organização, não importa quão grandioso ele seja!". Nas organizações, os sinos das igrejas não tocam para impedir que o pássaro seja morto.

IV
O ANESTESISTA

A anestesia foi a primeira de todas as especialidades médicas. São as Escrituras Sagradas que o afirmam. Pois Deus, para retirar de Adão a costela necessária para a criação de Eva, fez cair sobre o homem um sono profundo. Isso. Fez dormir. Realizou um ato de anestesista. Foi só então, depois de exercer as funções de anestesista, que Deus se transformou em cirurgião. Deus não queria que o homem sentisse dor. Uma cirurgia feita sem anestesia é uma experiência de uma brutalidade indescritível. Muitos prefeririam morrer a sofrer os horrores da dor de uma cirurgia sem anestesia. O livro *O físico*[*] descreve como era a cirurgia antes da descoberta da anestesia. Amputação de uma perna. A pessoa amarrada. A navalha cortando a carne. Os gritos. As contorções do corpo. O sangue jorrando. Depois a serra no seu reque-reque serrando o osso. Seguia-se a costura da carne. E, para terminar, o cautério com azeite fervente ou ferro incandescente.

A dor é o que existe de mais terrível na condição humana. Muito cedo nós a experimentamos. O nenezinho chora e se contorce com suas cólicas. Delas não tenho memória. Mas me lembro das cólicas do meu primeiro filho, que chorou por seis meses, sendo que todos os chás, remédios e benzeções foram inúteis. A única coisa que aliviava era pegá-lo no braço e colocá-lo de barriga para baixo. Todo pai gostaria que os deuses fossem caridosos e transferissem para ele a dor do filho. Doeria menos sentir a dor do filho que vê-lo sentindo dor sem nada poder fazer.

Dores fazem parte da infância: dor de barriga, dor de dente, dedo cortado com faca, pé cortado em

---

[*] Naturalmente, o título original era *The physician* (O médico). O título da tradução é, sem dúvida, equivocado. (N.E.)

caco de vidro, perna quebrada, galo na testa, martelada no dedo. Aos 12 anos, entrei correndo na cozinha no momento em que a cozinheira levava uma panela de água fervente. A colisão foi inevitável. A água me caiu no ombro e escorreu pelo peito e pelo braço direito. Ainda tenho marcas. Nunca me esquecerei. Depois vieram outras dores. Cólica de apendicite, cólica de cálculo renal. Dizem que é pior que dor de parto. Só me lembro que uma vez, havendo sido inúteis seis injeções de Buscopan, a dor sendo tão forte que o vômito vinha, o médico ordenou a Dolantina. Cinco minutos depois eu não tinha mais dor. Conheci então a felicidade celestial! Não existe nada mais maravilhoso que não sentir dor! Experimentei depois as dores das hérnias de disco. Há sempre o recurso à cirurgia – mas não é sempre que os resultados são definitivos. Um ortopedista que consultei me disse: "Só opero hérnia quando o paciente ameaça suicidar-se!". Claro, foi uma brincadeira. Brincadeira curta que juntava duas verdades. Primeiro, o caráter duvidoso da cirurgia. Segundo, que a dor pode ser tão forte que as pessoas cheguem a imaginar que viver com dor tamanha não vale a pena. É melhor morrer. Na morte não se sente dor.

Meu filho Sérgio, o que sofreu cólicas por seis meses, é médico e se especializou em anestesia. É possível que Freud explique. Nossos impulsos vocacionais têm raízes em lugares obscuros da alma. O que não acontece com as escolhas profissionais, que nascem de considerações racionais sobre o mercado de trabalho. É possível que sua vocação de anestesista tenha nascido de suas experiências esquecidas de sofrimento. Aí ele sentiu que seu destino era lutar contra a dor.

A anestesia é uma especialidade modesta. É o cirurgião que executa o grande ato! É ele que é o herói! É o seu nome que é lembrado. É o cirurgião que ganha mais. E, no entanto, enquanto o cirurgião está com sua atenção concentrada no lugar preciso do corpo que ele corta e costura, o anestesista está com sua atenção concentrada na vida adormecida. Ele vigia seus processos vitais. Ele cuida para que a vida não vacile enquanto o corpo é cortado.

Há também as dores da alma que nenhuma cirurgia consegue curar. O medo, por exemplo, não pode ser amputado. Pena. Porque o medo paralisa a vida. Dominada pelo medo, a vida se encolhe, perde a capacidade de lutar, entrega-se à morte. Animais amedrontados se deixam matar sem um único gesto de defesa. E, pelo que sei, as pessoas têm muito medo da anestesia, medo que chega a beirar o pânico, mais medo da anestesia que da violência do ato cirúrgico. É que elas têm medo de dormir. Quem dorme está indefeso, à mercê. Quem está dormindo volta a ser criança. As crianças têm medo de dormir. Por isso elas choram, não querem dormir sozinhas, desejam alguém ao seu lado. Alguém que cuide delas enquanto elas dormem. As canções de ninar são para tirar o medo a fim de que o sono seja tranquilo.

A anestesia pode ser feita de duas formas. A primeira é a anestesia como ato técnico, científico, competente, ato que se executa sobre o corpo da pessoa que vai ser operada. A segunda é igual à primeira, acrescida de um cuidado maternal. O anestesista assume, então, a função do pai e da mãe que cantam canções para espantar o medo. Foi o Sérgio que me contou. Conversamos muito sobre o que fazemos. E como ele se orgulha do que faz, ele me conta. Contou-me sobre as visitas aos pacientes amedrontados, às vésperas da cirurgia. Na maioria, crianças e adolescentes. O objetivo dessa visita é técnico: checar o estado físico do paciente: pressão, coração, vias respiratórias etc. Mas a pessoa que está ali é mais que um corpo. É um ser humano. Está com medo. Medo da dor. Medo da morte, pois nunca se pode ter certeza. É preciso espantar o medo para que a vida não se encolha. Mas o medo sai quando se confia. Não é qualquer pessoa que tira o medo de dormir da criança. Há de ser alguém em quem ela confia. Essa pessoa, e somente ela, tem o poder de cantar uma canção de ninar. O anestesista se transforma então em mãe e em pai: pega no colo a criança amedrontada – diante da cirurgia todos nós somos crianças!

Aparece sempre a pergunta terrível: "Há riscos?". Aí é preciso ser verdadeiro. Sim, há riscos. Mas os riscos não são do tamanho que você imagina. Você tem medo de andar de carro? Pois os riscos da anestesia são infinitamente menores que os riscos de andar de carro. Pode ficar tranquilo. Amanhã estarei tomando conta de você!

No dia seguinte, na sala de cirurgia, os rostos dos médicos e das enfermeiras cobertos pelas máscaras, ele abaixa a máscara, sorri para o paciente já meio grogue, e diz: "Estou aqui!".

Ele me contou de uma jovem que estava apavorada. O medo era enorme. Não conseguia se tranquilizar. Esgotados todos os recursos maternais, veio-lhe uma iluminação mística. "Você acredita em anjo da guarda?", ele perguntou para a menina. A menina respondeu: "Acredito". E ele concluiu: "Pois amanhã eu serei o anjo da guarda tomando conta do seu sono...". Ela ficou tranquila.

V
A DOENÇA

Senti o susto na sua voz ao telefone. Você descobriu que está doente de um jeito diferente, como nunca esteve. Há jeitos de estar doente, de acordo com os jeitos da doença. Algumas doenças são visitas: chegam sem avisar, perturbam a paz da casa e se vão. É o caso de uma perna quebrada, de uma apendicite, de um resfriado, de um sarampo. Passado o tempo certo, a doença arruma a mala e diz adeus. E tudo volta ser como sempre foi.

Outras doenças vêm para ficar. E é inútil reclamar. Se vêm para ficar, é preciso fazer com elas o que a gente faria caso alguém se mudasse definitivamente para a nossa casa: arrumar as coisas da melhor maneira possível para que a convivência não seja dolorosa. Quem sabe se pode até tirar algum proveito da situação?

Doenças-visitas você já teve muitas. Mas sua nova doença veio para ficar. Hipertensão: 170 por 120. É muito alta. Tem de baixar para viver mais. Para isso, há uns remedinhos que controlam os excessos da intrusa. Mas, livrar-se dela, cura, parece que isso não é possível. Mas é possível tirar proveito da situação. Eu mesmo convivo com minha hipertensão há mais de 20 anos. E até o momento não tivemos nenhuma altercação grave.

Vai um conselho: sem brincar de Poliana, trate sua doença como uma amiga. Mais precisamente: como uma mestra que pode torná-lo mais sábio. Groddeck, um dos descobridores da psicanálise de quem quase ninguém se lembra (o que é uma pena, porque ele navega por mares que a maioria dos psicanalistas desconhece), dizia que a doença não é uma invasora que, vinda de fora, penetra no corpo à força. A verdade é o contrário. Ela é uma filha do corpo, uma mensagem gerada em suas funduras, e que aflora à superfície da carne, da mesma forma como bolhas produzidas nas funduras das lagoas afloram e estouram na superfície das águas. A doença tem uma função iniciática: por meio dela se pode chegar a um maior conhecimento de nós mesmos. Doenças são sonhos sob a forma de sofrimento físico. Assim, se você ficar amigo da sua doença, ela lhe dará lições gratuitas sobre como viver de maneira mais sábia.

Pode ser que você ainda não tenha se dado conta disso, mas o fato é que todas as coisas belas do mundo são filhas da doença. O homem cria a beleza como remédio para sua doença, como bálsamo para seu medo de morrer. Pessoas que gozam saúde perfeita não criam nada. Se dependesse delas, o mundo seria uma mesmice chata. Por que haveriam de criar? A criação é fruto de sofrimento.

"Pensar é estar doente dos olhos", disse Alberto Caeiro. Os olhos do poeta tinham que estar doentes porque, se não estivessem, o mundo seria mais pobre e mais feio, porque o poema não teria sido escrito. Porque estavam doentes os olhos de Alberto Caeiro, um poema foi escrito e, por meio dele, temos a alegria de ler o que o poeta escreveu. O corpo produz a beleza para conviver com a doença.

A se acreditar no poeta Heine, foi para se curar da sua enfermidade que Deus criou o mundo. Deus criou o mundo porque estava doente de amor... Eis o que Deus falou, segundo o poeta: "A doença foi a fonte do meu impulso e do meu esforço criativo; criando, convalesci; criando, fiquei de novo sadio".

Meditando sobre uma dolorosa experiência de enfermidade por que passara, Nietzsche disse o seguinte:

> (...) é assim que, agora, aquele longo período de doença me aparece: sinto como se, nele, eu tivesse descoberto de novo a vida, descobrindo a mim mesmo, inclusive. Provei todas as coisas boas, mesmo as pequenas, de uma forma como os outros não as provam com facilidade. E transformei, então, minha vontade de saúde e de viver numa filosofia.

A doença é a possibilidade da perda, uma emissária da morte. Sob o seu toque, tudo fica fluido, evanescente, efêmero. As pessoas amadas, os filhos – todos ganham a beleza iridescente das bolhas de sabão. Os sentidos, atingidos pela possibilidade da perda, acordam da sua letargia. Objetos banais, ignorados, ficam repentinamente luminosos. Se soubéssemos que vamos ficar cegos, que cenários veríamos num simples grão de areia! Quem sente gozo na simples maravilha cotidiana que é não sentir dor? Dei-me conta disso quase num êxtase de gratidão mística quando, depois de alguns séculos de insuportável cólica renal (a dor sempre demora séculos), a mágica Dolantina devolveu-me à condição assombrosa de não sentir dor. A saúde emburrece os sentidos. A doença faz os sentidos ressuscitarem.

 Então, não brigue com sua doença. Ela veio para ficar. Trate de aprender o que ela quer lhe ensinar. Ela quer que você fique sábio. Ela quer ressuscitar os seus sentidos adormecidos. Ela quer dar a você a sensibilidade dos artistas. Os artistas todos, sem exceção, são doentes... É preciso que você se transforme em artista. Você ficará mais bonito. Ficando mais bonito, será mais amado. E, sendo mais amado, ficará mais feliz...

VI
O ACORDE FINAL

Eu havia colocado no toca-discos aquele disco com poemas do Vinícius e do Drummond, disco antigo, *long-play* – o perigo são os riscos que fazem a agulha saltar, mas felizmente até ali tudo tinha estado lindo e bonito, sem pulos e sem chiados, o próprio Vinícius, na sua voz rouca de uísque e fumo, havia recitado os sonetos da separação, da despedida, do amor total, dos olhos da amada. Chegara meu favorito, "O haver" – o Vinícius percebia que a noite estava chegando e tratava então de fazer um balanço de tudo o que fora feito e do que sobrara disso. Assim, as estrofes começam todas com uma mesma palavra, "Resta..." – foi isso que sobrou.

Resta essa capacidade de ternura, essa intimidade perfeita com o silêncio...

Resta essa vontade de chorar diante da beleza, essa cólera cega em face da injustiça e do mal-entendido...

Resta essa faculdade incoercível de sonhar e essa pequenina luz indecifrável a que às vezes os poetas tomam por esperança...

Começava, naquele momento, a última quadra, e de tantas vezes lê-la e outras tantas ouvi-la, eu já sabia de cor suas palavras, e as ia repetindo dentro de mim, antecipando a última, que seria o fim, sabendo que tudo o que é belo precisa terminar.

O pôr do sol é belo porque suas cores são efêmeras, em poucos minutos não mais existirão.

A sonata é bela porque sua vida é curta, não dura mais que 20 minutos. Se a sonata fosse uma música sem fim, é certo que seu lugar seria entre os instrumentos de tortura do Diabo, no inferno.

Até o beijo... Que amante suportaria um beijo que não terminasse nunca?

O poema também tinha de morrer para que fosse perfeito, para que fosse belo e para que eu tivesse saudades dele, depois do seu fim. Tudo o que fica perfeito pede para morrer. Depois da morte do poema viria o silêncio – o vazio. Nasceria então uma outra coisa em seu lugar: a saudade. A saudade só floresce na ausência.

É na saudade que nascem os deuses – eles existem para que o amado que se perdeu possa retornar. Que a vida seja como o disco, que pode ser tocado quantas vezes se desejar. Os deuses – nenhum amor tenho por eles, em si mesmos. Eu os amo só por isso, pelo seu poder de trazer de volta para que o abraço se repita. Divinos não são os deuses. Divino é o reencontro.

A voz do Vinícius já anunciava o fim. Ele passou a falar mais baixo.

Resta esse diálogo cotidiano com a morte,
esse fascínio pelo momento a vir, quando, emocionada,
ela virá me abrir a porta como uma velha amante...

E eu, na minha cabeça, automaticamente me adiantei, recitando em silêncio o último verso: "... sem saber que é a minha mais nova namorada".

Foi então que, no último momento, o imprevisto aconteceu: a agulha pulou para trás – talvez tivesse achado o poema tão bonito que se recusava a ser uma cúmplice de seu fim, não aceitava sua morte, e ali ficou a voz morta do Vinícius repetindo palavras sem sentido: "... sem saber que é a minha mais nova...", "... sem saber que é a minha mais nova...", "... sem saber que é a minha mais nova...".

Levantei-me do meu lugar, fui até o toca-discos, e consumei o assassinato: empurrei suavemente o braço com o meu dedo, e ajudei a beleza a morrer, ajudei-a a ficar perfeita. Ela me agradeceu, disse o que precisava dizer, "... sem saber que é a minha mais nova namorada...". Depois disso foi o silêncio.

Fiquei pensando se aquilo não era uma parábola para a vida, a vida como uma obra de arte, sonata, poema, dança. Já no primeiro momento, quando o compositor ou o poeta ou o dançarino preparam sua obra, o último momento já está em gestação. É bem possível que o último verso do poema tenha sido o primeiro a ser escrito pelo Vinícius. A vida é tecida como a teia de aranha: começa sempre do fim. Quando a vida começa do fim ela é sempre bela por ser colorida com as cores do crepúsculo.

Não, eu não acredito que a vida biológica deva ser preservada a qualquer preço.

"Para todas as coisas há o momento certo. Existe o tempo de nascer e o tempo de morrer" (Eclesiastes 3.1-2).

A vida não é uma coisa biológica. A vida é uma entidade estética. Morta a possibilidade de sentir alegria diante do belo, morre também a vida, tal como Deus no-la deu – ainda que a parafernália dos médicos continue a emitir seus bips e a produzir zigue-zagues no vídeo.

A vida é como aquela peça. É preciso terminar.

A morte é o último acorde que diz: está completo. Tudo o que se completa deseja morrer.

VII
A CHEGADA E A DESPEDIDA

Em Minas, em agradecimento a uma esmola que lhes tivesse sido dada por uma grávida, as mendigas a benziam com a saudação: "Nossa Senhora do Bom Parto que lhe dê boa hora!". Benzeção confortante porque a hora da grávida é hora de dor e angústia, precisando da proteção da Virgem Parteira. Vendo, ninguém acreditaria que um nenezinho pudesse passar por canal tão apertado. Dor para a mãe, angústia para o nenê.

No lugar onde as palavras nascem elas brilham com uma clareza espantosa. Vou ao nascedouro da palavra *angústia*: nasceu do verbo latino *angere*, que significa apertar, sufocar. Assim, no seu nascedouro, angústia queria dizer *estreiteza*. O nenezinho, que estava numa boa, vai ser apertado e sufocado dentro de um canal. Vai sentir angústia. E, pelo resto de sua vida, sempre que tiver de passar por um canal apertado e escuro, vai sentir de novo o que sentiu para nascer. Angústia e dor misturadas assim – não admira que as mendigas invocassem a Virgem...

A medicina, descrente de Virgens e benzeções de mendigas, não conseguiu se livrar das angústias e dores das grávidas, e tratou de arranjar alguém que fizesse as vezes da Virgem para cuidar delas quando chegasse sua hora. Criou uma especialidade alegre, a mais antiga de todas: a obstetrícia. *Obstetrix*, em latim, quer dizer parteira. Uma tradução literal da palavra seria "aquela que está diante". A parteira está diante da mãe. Diante da mãe ela aguarda o nenezinho. Sua função é ajudar a vida a atravessar a apertada e angustiante passagem que leva do escuro da barriga da mãe à luz do mundo aqui de fora: "dar à luz". Que fantasias terríveis devem passar pela cabeça da criancinha ao se sentir espremida, deslocada, empurrada, arrancada, apertada! É possível que ela sinta que vai morrer. Mas, ao final do canal apertado, a *obstetrix* a acolhe, como se fosse a mãe... É ela, a parteira, a primeira experiência do mundo que a criancinha tem, a Virgem bendita.

A vida começa com uma chegada. Termina com uma despedida. A chegada faz parte da vida. A despedida faz parte da vida. Como o dia, que começa com a madrugada e termina com o sol que se põe. A madrugada é alegre, luzes e cores que chegam. O sol que se põe é triste, orgasmo final de luzes e cores que se vão. Madrugada e crepúsculo, alegria e tristeza, chegada e despedida: tudo é parte da vida, tudo precisa ser cuidado. A gente prepara, com carinho e alegria, a chegada de quem a gente ama. É preciso preparar também, com carinho e tristeza, a despedida de quem a gente ama.

Os orientais sabem mais sobre isso do que nós. Sabem que os opostos não são inimigos: são irmãos. Noite e dia, silêncio e música, repouso e movimento, riso e choro, calor e frio, sol e chuva, abraço e separação, chegada e partida: são os opostos pulsantes que dão vida à vida. Vida e morte não são inimigas. São irmãs. Chegada e despedida... Sem a frase que a encerra a canção não existiria. Sem a morte, a vida também não existiria, pois a vida é, precisamente, uma permanente despedida...

A medicina criou a obstetrícia como uma especialidade cuja missão é "estar diante" da vida que está chegando. Acho que ela, por amor aos homens, deveria também criar uma especialidade simétrica à obstetrícia, cuja missão seria "estar diante" daqueles que estão morrendo. A morte também está cheia de medos de dor. A morte é também um angustiante canal apertado e escuro. É solidão. O nenezinho, na passagem escura e apertada, está totalmente sozinho e abandonado. Aquele que está morrendo também está absolutamente sozinho e abandonado. Aqueles que o amam e o cercam estão longe, muito longe: as mãos dadas não transpõem o abismo. A morte é sempre um mergulho no abandono.

Pensei nessa especialidade... Pois a missão da medicina não é cuidar da vida? Pois a despedida também parte da vida. Os que estão partindo ainda estão vivendo... Eles precisam de tantos cuidados quanto aqueles que estão nascendo. E até inventei um nome para tal especialidade. Combinei duas palavras: *Moriens, entis*, do latim, que quer dizer: "que está morrendo"; e *therapeuein*, do grego, que quer dizer: "cuidar, servir, curar". Saiu, então, *morienterapia*, os cuidados com aqueles que estão morrendo. E o *morienterapeuta* seria aquele que, à semelhança do obstetra, se encontra "diante" daquele que está se despedindo. Nossa Senhora do Bom Parto é a padroeira das parturientes. Procurei uma outra Nossa Senhora para ser a padroeira dos que estão morrendo. Eu a descobri na *Pietà*: aquela que acolhe no seu colo o filho que está morrendo. Morrer nos braços da *Pietà* é, talvez, sentir-se finalmente voltando para o colo de uma mãe que nunca se teve mas que sempre se desejou ter. Talvez, no colo da *Pietà*, a despedida poderia ser vivida, então, como um retorno ao colo materno.

Alguns me dirão que tal especialidade já existe: os *intensivistas* são "aqueles que estão diante" daqueles que estão morrendo. Quem diz isso não me entendeu. A missão dos intensivistas é o oposto do que estou dizendo. A missão deles é a de impedir a despedida, a qualquer custo. Por isso eles são pessoas agitadas. A qualquer momento pode haver uma parada cardíaca – e se eles não correrem e não forem competentes, a partida acontecerá. Cada partida é uma derrota. O *morienterapeuta*, ao contrário, entra em cena quando as esperanças se foram. A despedida é certa. Ele ou ela tem de estar em paz com a vida e a morte, tem de saber que a morte é parte da vida: precisa ser cuidada. Por isso, o *morienterapeuta* terá de ser alguém tranquilo, em paz com o fim, com o fim dos outros de quem ele cuida, em paz com o seu próprio fim, quando outros cuidarão dele. Dele não se esperam nem milagres, nem recursos heróicos para obrigar o débil coração a bater por mais um dia. Dele se esperam apenas os cuidados com o corpo – é preciso que a despedida seja mansa e sem dor – e os cuidados com a alma – ele não tem medo de falar sobre a morte.

Sei que isso deixa os médicos embaraçados. Aprenderam que sua missão é lutar contra a morte. Esgotados os seus recursos, eles saem da arena, derrotados e impotentes. Pena. Se eles soubessem que sua missão é cuidar da vida, e que a morte, tanto quanto o nascimento, é parte da vida, eles ficariam até o fim. E assim, ficariam também um pouco mais sábios. E até – imagino – começariam a escrever poesia...

VIII
SAÚDE MENTAL

Fui convidado a fazer uma preleção sobre saúde mental. Os que me convidaram supuseram que eu, na qualidade de psicanalista, deveria ser um especialista no assunto. E eu também pensei. Tanto que aceitei. Mas foi só parar para pensar para me arrepender. Percebi que nada sabia. Eu me explico.

Comecei o meu pensamento fazendo uma lista das pessoas que, do meu ponto de vista, tiveram uma vida mental rica e excitante, pessoas cujos livros e obras são alimento para a minha alma. Nietzsche, Fernando Pessoa, Van Gogh, Wittgenstein, Cecília

Meireles, Maiakovski. E logo me assustei. Nietzsche ficou louco. Fernando Pessoa era dado à bebida. Van Gogh matou-se. Wittgenstein alegrou-se ao saber que iria morrer em breve: não suportava mais viver com tanta angústia. Cecília Meireles sofria uma suave depressão crônica. Maiakovski suicidou-se. Essas eram pessoas lúcidas e profundas que continuarão a ser pão para os vivos muito depois de nós termos sido completamente esquecidos.

Mas será que tinham saúde mental? Saúde mental, essa condição em que as ideias comportam-se bem, sempre iguais, previsíveis, sem surpresas, obedientes ao comando do dever, todas as coisas nos seus lugares, como soldados em ordem-unida, jamais permitindo que o corpo falte ao trabalho, ou que faça algo inesperado; nem é preciso dar uma volta ao mundo num barco a vela – basta fazer o que fez a Shirley Valentine (se ainda não viu, veja o filme!) ou ter um amor proibido ou, mais perigoso que tudo isso, a coragem de pensar o que nunca pensou. Pensar é coisa muito perigosa...

Não, saúde mental elas não tinham. Eram lúcidas demais para isso. Elas sabiam que o mundo é controlado pelos loucos e idosos de gravata. Sendo donos do poder, os loucos passam a ser os protótipos da saúde mental. Claro que nenhum dos nomes que citei sobreviveria aos testes psicológicos a que teria de se submeter se fosse pedir emprego numa empresa. Por outro lado, nunca ouvi falar de político que tivesse estresse ou depressão. Andam sempre fortes em passarelas pelas ruas da cidade, distribuindo sorrisos e certezas.

Sinto que meus pensamentos podem parecer pensamentos de louco e por isso apresso-me aos devidos esclarecimentos.

Nós somos muito parecidos com computadores. O funcionamento dos computadores, como todo mundo sabe, requer a interação de duas partes. Uma delas chama-se *hardware*, literalmente, "equipamento duro", e a outra denomina-se *software*, "equipamento macio". O *hardware* é constituído por todas as coisas sólidas com que o aparelho é feito. O *software* é constituído por entidades "espirituais" – símbolos que formam os programas e são gravados nos disquetes.

Nós também temos um *hardware* e um *software*. O *hardware* são os nervos do cérebro, os neurônios, tudo aquilo que compõe o sistema nervoso. O *software* é constituído por uma série de programas que ficam gravados na memória. Assim como nos computadores, o que fica na memória são símbolos, entidades levíssimas, dir-se-ia mesmo "espirituais", sendo que o programa mais importante é a linguagem.

Um computador pode enlouquecer por defeitos no *hardware* ou por defeitos no *software*. Nós também. Quando o nosso *hardware* fica louco é preciso chamar psiquiatras e neurologistas, que virão com suas poções químicas e seus bisturis consertar o que estragou. Quando o problema está no *software*, entretanto, poções e bisturis não funcionam. Não se conserta um programa com chave de fenda. Porque o *software* é feito de símbolos, somente símbolos podem entrar dentro dele. Assim, para lidar com o *software* é preciso fazer uso de símbolos. Por isso, quem trata das perturbações do *software* humano nunca se vale de recursos físicos para tal. Suas ferramentas são palavras, e eles podem ser humoristas, palhaços, escritores, gurus, amigos e até mesmo psicanalistas.

Acontece, entretanto, que esse computador que é o corpo humano tem uma peculiaridade que o diferencia dos outros: o seu *hardware*, o corpo, é sensível às coisas que o seu *software* produz. Pois não é isso que acontece conosco? Ouvimos uma música e choramos. Lemos os poemas do Drummond e o corpo fica excitado.

Imagine um aparelho de som. Imagine que o toca-discos e os acessórios – o *hardware* – tenham a capacidade de ouvir a música que ele toca e de se comover. Imagine mais, que a beleza é tão grande que o *hardware* não a comporta e se arrebenta de emoção! Pois foi isso que aconteceu com aquelas pessoas que citei no princípio: a música que saía do seu *software* era tão bonita que o seu *hardware* não suportou.

Dados esses pressupostos teóricos, estamos agora em condições de oferecer uma receita que garantirá, àqueles que a seguirem à risca, saúde mental até o fim dos seus dias.

Opte por um *software* modesto. Evite as coisas belas e comoventes. A beleza é perigosa para o *hardware*. Cuidado com a música. Brahms e Mahler são especialmente contraindicados. Já o rock pode ser tomado à vontade. Quanto às leituras, evite aquelas que fazem pensar. Há uma vasta literatura especializada em impedir o pensamento. Se há livros do doutor Lair Ribeiro, por que se arriscar a ler Saramago? Os jornais têm o mesmo efeito. Devem ser lidos diariamente. Como eles publicam diariamente sempre a mesma coisa com nomes e caras diferentes, fica garantido que nosso *software* pensará sempre coisas iguais. E, aos domingos, não desligue a televisão. Deixe-se hipnotizar pelos programas de auditório.

Seguindo essa receita você terá uma vida tranquila, embora banal. Mas, como você cultivou a insensibilidade, você não perceberá o quão banal ela é. E, em vez de ter o fim que tiveram as pessoas que mencionei, você se aposentará para, então, realizar os seus sonhos. Infelizmente, entretanto, quando chegar tal momento, você já terá se esquecido de como eles eram.

IX
A MORTE COMO CONSELHEIRA

Lembra-te,

antes que cheguem os maus dias,

e se rompa o fio de prata,

e se despedace o copo de ouro,

e se quebre o cântaro junto à fonte,

e se desfaça a roda junto ao poço...

(Eclesiastes 12, 1-8)

A vida está cheia de rituais para exorcizar a Morte. Agora, quando escrevo, dia 3 de janeiro, acabamos de passar por dois deles. É claro que não lhes damos esse nome, pois o seu sucesso depende de que o Nome Terrível não seja ouvido. Para isso se faz uma barulheira enorme de sinos, fogos de artifício, danças, risos, muita comida, e alegria engarrafada... E tudo isso só para que a voz Dela não seja ouvida... Natal não é isso? Não existe uma tristeza solta no ar? O esforço desesperado de repetir um passado, fazer com que ele aconteça de novo? Encontrei, certa vez, numa loja nos Estados Unidos, um pacotinho de ervas e temperos num saquinho de plástico com o nome: "perfumes de Natal". Tem que ser aqueles cheiros antigos, de infância. As músicas novas não servem, é preciso que as mesmas dos outros tempos sejam cantadas de novo. E que haja o mesmo rebuliço, os mesmos bolos, as mesmas frutas. Prepara-se a repetição do passado para ter a ilusão de que o tempo não passou. Melhor o incômodo da correria e da ressaca do que a dor de ouvir o que Ela está silenciosamente dizendo: "É, mas o tempo passou. Não pode ser recuperado. Você está passando...". Pensar dói muito. O Natal dói muito... E saímos da depressão da perda por meio de um outro ritual. Tolice imaginar que o tempo passou. Que nada. É um novo tempo que vem. Há muito tempo à espera. "Feliz Ano Novo!". E, no entanto, é tudo mentira. Certo está o poeta:

> Mas o que eu não fui, o que eu não fiz, o que nem sequer sonhei; o que só agora vejo que deveria ter feito, o que só agora claramente vejo que deveria ter sido, isto é que é morto para além de todos os Deuses...
> Pode ser que para outro mundo eu possa levar o que sonhei. Mas poderei eu levar para outro mundo o que me esqueci de sonhar?
> Esses, sim, os sonhos por haver, é que são o cadáver.
> Enterro-os no meu coração para sempre, para todo o tempo, para todos os universos... (Álvaro de Campos, "Na noite terrível...", *Poesias*)

Não, não, a Morte não é algo que nos espera no fim. É companheira silenciosa que fala com voz branda, sem querer nos aterrorizar, dizendo sempre a verdade e nos convidando à sabedoria de viver.

O que Ela diz? Coisas assim:

Bonito o crepúsculo, não? Veja as cores, como são lindas e efêmeras... Não se repetirão jamais. E não há forma de segurá-las. Inútil tirar uma foto. A foto será sempre a memória de algo que deixou de ser... E esta tristeza que a beleza dá? Talvez porque você seja como o crepúsculo... É preciso viver o instante. Não é possível colocar a vida numa caderneta de poupança...
Você sabe que horas são? Está ficando frio... E as cores do outono? Parece que o inverno está chegando...
O que é que você está esperando? Como se a vida ainda não tivesse começado... Como se você estivesse à espera de algum evento que vai marcar o início real da sua vida: se formar, se casar, criar os filhos, se separar da mulher ou do marido, descobrir o verdadeiro amor, ficar rico, se aposentar... Como se os seus instantes presentes fossem provisórios, preparatórios. Mas eles são a única coisa que existe...

E esta música que você está dançando? É de sua autoria? Ou é um Outro que toca, e você dança? Quem é esse Outro? Lembre-se do que disse o poeta: "Sou o intervalo entre o meu desejo e aquilo que os desejos dos outros fizeram de mim". Mas, se você é isso, o intervalo, você já morreu... Acorde! Ressuscite!

A branda fala da Morte não nos aterroriza por nos falar da Morte. Ela nos aterroriza por nos falar da Vida. Na verdade, a Morte nunca fala sobre si mesma. Ela sempre nos fala sobre aquilo que estamos fazendo com a própria Vida, as perdas, os sonhos que não sonhamos, os riscos que não corremos (por medo), os suicídios lentos que perpetramos.

"Lembra-te, antes que se rompa o fio de prata e se despedace o copo de ouro", e que seja tarde demais.

Uma das canções mais belas do Chico eu nunca ouvi tocada no rádio. Tenho perguntado, e pouca gente a conhece. Desconfio. É porque ela é a mansa sabedoria da Morte, que ninguém quer ouvir. Diz assim:

O velho sem conselhos, de joelhos, de partida, carrega com certeza todo o peso de sua vida. Então eu lhe pergunto sobre o amor... A vida inteira, diz que se guardou do carnaval, da brincadeira que ele não brincou... E agora, velho, o que é que eu digo ao povo? O que é que tem de novo pra deixar? Nada. Só a caminhada, longa, pra nenhum lugar... O velho, de partida, deixa a vida sem saudades, sem dívida, sem saldo, sem rival ou amizade. Então eu lhe pergunto pelo amor... Ele me diz que sempre se escondeu, não se comprometeu, nem nunca se entregou... E agora, velho, que é que eu digo ao povo? O que é que tem de novo pra deixar? Nada. Eu vejo a triste estrada aonde um dia eu vou parar. O velho vai-se agora, vai-se embora sem bagagem. Não sabe pra que veio, foi passeio, foi passagem. Então eu lhe pergunto pelo amor... Ele me é franco. Mostra um verso manco dum caderno em branco que já se fechou. E agora, velho, o que é que eu digo ao povo? O que é que tem de novo pra deixar?

Não. Foi tudo escrito em vão... E eu lhe peço perdão mas não vou lastimar...

Coisa parecida se encontra naquele texto já tão conhecido, chamado "Instantes", assinado por uma pessoa que teria 85 anos:

Se eu pudesse viver novamente a minha vida, na próxima trataria de cometer mais erros. Não tentaria ser tão perfeito. Relaxaria mais. Seria mais tolo ainda do que tenho sido. Na verdade, bem poucas coisas levaria a sério. Seria até menos higiênico. Correria mais riscos, viajaria mais, contemplaria mais entardeceres, subiria mais montanhas, nadaria mais rios. Iria a lugares onde nunca fui, tomaria mais sorvete e menos sopa. Teria mais problemas reais e menos problemas imaginários. Eu fui uma dessas pessoas que viveu sensata e produtivamente cada minuto de sua vida. Eu era uma dessas pessoas que nunca ia a parte alguma sem um termômetro, uma bolsa de água quente, guarda-chuva e um paraquedas. Se voltasse a viver, viajaria mais leve. Se eu pudesse voltar a viver, começaria a andar descalço no começo da primavera e continuaria assim até o fim do outono. Daria mais voltas na minha rua, contemplaria mais amanheceres e brincaria com mais crianças, se tivesse outra vez uma vida pela frente. Mas, já viram, tenho 85 anos e sei que estou morrendo...

É! Embora a gente não saiba, a Morte fala com a voz do poeta. Porque é nele que as duas, a Vida e a Morte, encontram-se reconciliadas, conversam uma com a outra, e dessa conversa surge a Beleza. Agora, o que a Beleza não suporta é o falatório, a correria... Ela nos convida a contemplar a nossa própria verdade. E o que ela nos diz é simplesmente isto: "Veja a vida. Não há tempo a perder. É preciso viver agora! Não se pode deixar o amor para depois. *Carpe diem!*".

Foi essa a primeira lição do professor de literatura no filme *Sociedade dos poetas mortos*. *Carpe diem*: agarre o dia! E o efeito de tal revelação poética, nascida da reconciliação da Vida com a Morte, é uma incontrolável explosão de liberdade. É só isso que nos dá coragem para arrebentar a mortalha com que os desejos dos Outros nos enrolam e mumificam.

Tive um amigo, Hans Hoekendijk, um holandês que esteve prisioneiro num campo de concentração alemão. Contou-me de sua experiência com a morte. A guerra já chegava ao fim; os prisioneiros acompanhavam num rádio clandestino o avanço das tropas aliadas e já faziam o cálculo dos dias que os separavam da liberdade. Até que o comandante da prisão reuniu todos no pátio e informou que, antes da libertação, todos seriam enforcados. "Foi um grito de lamentação e horror... seguido da mais extraordinária experiência de liberdade que jamais tive em minha vida", ele disse.

Se vou morrer dentro de dois dias, então nada mais importa. Não há sentido em me guardar, não há sentido em ser prudente. Não preciso pretender ser outra coisa do que sou. Posso viver a minha verdade, pois nada pode me acontecer. Não preciso de máscaras. Tenho a permissão para a honestidade total. Posso ir ao guarda nazista, que sempre me aterrorizou, e dizer a ele tudo o que sinto e penso... Que é que ele pode me fazer? Posso ir até aquela mulher que sempre amei mas de quem nunca me aproximei (afinal, ela estava com o marido, e naqueles tempos isso era levado em consideração...) e pedir licença ao marido para confessar meus sentimentos... Posso dizer tudo o que sinto mas que nunca me atrevi a dizer, por medo.

E me contou dessa experiência fantástica de liberdade e verdade que se tem quando se está pendurado sobre o abismo. A Morte tem o poder de colocar todas as coisas nos seus devidos lugares. Longe do seu olhar, somos prisioneiros do olhar dos outros, e caímos na armadilha dos seus desejos. Deixamos de ser o que somos, para ser o que eles desejam que sejamos. Diante da Morte, tudo se torna repentinamente puro. Não há lugar para mentiras. E a gente se defronta então com a Verdade, aquilo que realmente importa. Para ter acesso à nossa Verdade, para ouvir de novo a voz do Desejo mais profundo, é preciso tornar-se um discípulo da Morte. Pois ela só nos dá lições de Vida, se a acolhermos como amiga. "A morte é nossa eterna companheira" – dizia D. Juan, o bruxo.

Ela se encontra sempre à nossa esquerda, ao alcance do braço. Ela nos olha sempre, até o dia em que nos toca. Como é possível a alguém sentir-se importante, sabendo que a morte o contempla? O que você deve fazer, ao se sentir impaciente com alguma coisa, é voltar-se para a sua esquerda e pedir que sua morte o aconselhe. Estamos cheios de lixo! E a morte é a única conselheira que temos. Sempre que você sentir, como tantas vezes acontece, que tudo está indo de mal a pior e que você se encontra a ponto de ser aniquilado, volte-se para a sua morte e lhe pergunte se isso é verdade. Sua morte lhe dirá que você está errado, que nada realmente importa, fora do seu toque. Ela lhe dirá: "Ainda não o toquei". Alguém tem de mudar, e depressa. Alguém tem de aprender que a morte é uma caçadora e que ela se encontra sempre à nossa esquerda. Alguém tem de pedir o conselho da morte e abandonar a maldita mesquinharia que pertence aos homens que vivem suas vidas como se a morte nunca fosse bater no seu ombro.

Houve um tempo em que nosso poder perante a Morte era muito pequeno. E, por isso, os homens e as mulheres dedicavam-se a ouvir a sua voz e podiam tornar-se sábios na arte de viver. Hoje, nosso poder aumentou, a Morte foi definida como a inimiga a ser derrotada, fomos possuídos pela fantasia onipotente de nos livrarmos de seu toque. Com isso, nós nos tornamos surdos às lições que ela pode nos ensinar. E nos encontramos diante do perigo de que, quanto mais poderosos formos perante ela (inutilmente, porque só podemos adiar...), mais tolos nos tornamos na arte de viver. E, quando isso acontece, a Morte que poderia ser conselheira sábia transforma-se em inimiga que nos devora por detrás. Acho que, para recuperar um pouco da sabedoria de viver, seria preciso que nos tornássemos discípulos e não inimigos da Morte. Mas, para isso, seria preciso abrir espaço em nossa vida para ouvir a sua voz. Seria preciso que voltássemos a ler os poetas...

X
QUERO VIVER MUITOS ANOS MAIS...

Sim, eu quero viver muitos anos mais. Mas não a qualquer preço. Quero viver enquanto estiver acesa, em mim, a capacidade de me comover diante da beleza.

A comoção diante da beleza tem o nome de "alegria", mesmo quando as lágrimas escorrem pela face. A alegria e a tristeza são boas amigas. Assim o disse a minha amiga Adélia: "A poesia é tão triste. O que é bonito enche os olhos de lágrimas. Por prazer da tristeza eu vivo alegre".

Essa capacidade de sentir alegria é a essência da vida. Quase que disse "vida humana", mas parei a tempo. Pois é muita presunção de nossa parte pensar que somente nós recebemos essa graça. Aquela farra de pulos, correria, mordidas e gestos de faz de conta em que se envolvem minha velha *dobermann* (nunca tive cachorro mais gentil!) e a *cocker* novinha, nenê, aquilo é pura alegria. E o voo do beija-flor, flutuando parado no ar, gozando a água fria que sai do esguicho – também isso é alegria. E o meu pai dizia que, quando chovia, as plantas sentiam alegria. Lembrei-me de um místico que orava assim: "Ó Deus! Que aprendamos que todas as criaturas vivas não vivem só para nós, que elas vivem para si mesmas e para Ti. E que elas amam a doçura da vida tanto quanto nós".

Na alegria, a natureza atinge seu ponto mais alto: ela se torna divina. Quem tem alegria tem Deus. Nada existe, no universo, que seja maior que esse dom. O universo inteiro, com todas as suas galáxias: somos maiores e mais belos do que ele, porque nós podemos nos alegrar diante da beleza dele, enquanto ele mesmo não se alegra com coisa alguma.

Quero viver muito, mas o pensamento da morte não me dá medo. Me dá tristeza. Este mundo é tão bom. Não quero ser expulso do campo no meio do jogo. Não quero morrer com fome. Há tantos queijos esperando ser comidos. Quando o corpo não tiver mais fome, quando só existirem o enfado e o cansaço, então quererei morrer. Saberei que a vida se foi, a despeito dos sinais biológicos externos que parecem dizer o contrário. De fato, não há razões para o medo. Porque só há duas possibilidades. Nada existe depois da morte. Nesse caso, eu serei simplesmente reconduzido ao lugar onde estive sempre, desde que o universo foi criado. Não me lembro de ter sentido qualquer ansiedade durante essa longa espera. Meu nascimento foi um surgir do nada. Se isso aconteceu uma vez, é possível que aconteça outras. O milagre pode voltar a se repetir algum dia. Assim esperava Alberto Caeiro, orando ao Menino Jesus: "... E dá-me sonhos teus para eu brincar! Até que nasça qualquer dia! Que tu sabes qual é...".

Se, ao contrário, a morte for a passagem para outro espaço, como afirmam as pessoas religiosas, também não há razões para temer. Deus é amor e, ao contrário do que reza a teologia cristã, ele não tem vinganças a realizar, mesmo que não acreditemos nele. Nem poderia ser de outra forma: eu jamais me vingaria dos meus filhos. Como poderia o "Pai Nosso" fazê-lo?

Mas eu tenho medo do morrer. Pode ser doloroso. O que eu espero: não quero sentir dor. Para isso, há todas as maravilhosas drogas da ciência, as divinas morfinas, dolantinas e similares. Quero também estar junto das coisas e das pessoas que me dão alegria.

Quero o meu cachorro – e se algum médico ou enfermeira alegar, em nome da ciência, que cachorros podem transmitir enfermidades, eu os mandarei para aquele lugar. Os que estão morrendo tornam-se invulneráveis. Eles estão além das bactérias, infecções e contraindicações. Lembro-me de um velhinho, meu amigo, que, no leito de morte, disse à filha que queria comer um pastel. "Mas, papai", ela argumentou, "fritura faz mal...". Ela não sabia que os *morituri* estão além do que faz bem e do que faz mal.

Quero também ter a felicidade de poder conversar com meus amigos sobre a minha morte. Um dos grandes sofrimentos dos que estão morrendo é perceber que não há ninguém que os acompanhe até a beira do abismo. Eles falam sobre a morte e os outros logo desconversam. "Bobagem, você logo estará bom...". E eles então se calam, mergulham no silêncio e na solidão, para não incomodar os vivos. Só lhes resta caminhar sozinhos para o fim. Seria tão mais bonita uma conversa assim: "Ah, vamos sentir muito sua falta. Pode ficar tranquilo: cuidarei do seu jardim. As coisas que você amou, depois da sua partida, vão se transformar em sacramentos: sinais da sua ausência. Você estará sempre nelas...". Aí os dois se dariam as mãos e chorariam pela tristeza da partida e pela alegria de uma amizade assim tão sincera.

Alguns há que pensam que a vida é coisa biológica, o pulsar do coração, uma onda cerebral elétrica. Não sabem que, depois que a alegria se foi, o corpo é só um ataúde. E aí os teólogos e médicos, invocando a autoridade da natureza, dizem que a vida física deve ser preservada a todo custo... Mas a vida humana não é coisa da natureza. Ela só existe enquanto houver a capacidade para sentir a beleza e a alegria.

E, assim, apoiados nessa doutrina cruel, submetem a torturas insuportáveis o corpo que deseja partir – cortam-no, perfuram-no, ligam-no a máquinas, enfiam-lhe tubos e fios para que a máquina continue a funcionar, mesmo diante de suas súplicas: "Por favor, deixem-me partir!". E é esse o meu desejo final, que respeitem o meu corpo quando disser: "Chegou a hora da despedida". Amarei muito aqueles que me deixarem ir. Como eu disse: amo a vida e desejo viver muitos anos mais, como Picasso, Cora Coralina, Hokusai, Zorba... Mas só quero viver enquanto estiver acesa a chama da alegria.

XI
TEMPUS FUGIT – CARPE DIEM

O tempo passa,

Não nos diz nada.

Envelhecemos.

Saibamos, quase maliciosos,

Sentir-nos ir,

Tendo as crianças

Por nossas mestras

E os olhos cheios

De natureza...

(Alberto Caeiro)

Kierkegaard diz, em suas meditações por nome "Pureza de coração", que "a pessoa que fala sobre a vida humana, que muda com o decorrer dos anos, deve ter o cuidado de declarar a sua própria idade aos seus ouvintes".

Trata-se de um conselho estranho para aqueles que veem a vida com os olhos da ciência, porque, para eles, os olhos permanecem os mesmos, não são afetados pela passagem do tempo. Um bom par de óculos pode resolver o problema da visão diminuída.

Kierkegaard sabia o que os oftalmologistas não sabem: com a idade, os olhos não ficam mais fracos. Eles ficam diferentes. Sob a luz do sol a pino eles veem coisas luminosas. Sob a luz do crepúsculo, eles começam a ver as criaturas delicadas que não suportam luz em excesso. O amor prefere a luz das velas.

Gaston Bachelard, em seu lindo livro *A chama de uma vela*, diz que "parece existir em nós cantos sombrios que toleram apenas uma luz bruxuleante. Um coração sensível gosta de valores frágeis. As fantasias da pequena luz nos levam de volta ao reduto da familiaridade...".

"Assim estão os meus olhos, assim estou eu, pois sou a luz que meus olhos emitem." Não foi isso que Jesus disse (Mateus 6.22)? Penso que ele aprovaria se me ouvisse dizendo: – Os olhos são as lâmpadas do corpo. Se teus olhos forem crepusculares, crepuscular também será o teu corpo...

Quando se vive sob a luz da manhã, ainda há muito tempo pela frente, e se pensa que a vida começará a ser vivida depois de havermos colocado a casa em ordem. Há tanta coisa para ser feita! Felizmente sabemos que as nossas mãos transformarão o mundo! Marx nos ensinou que é isso o que importa. E a boca se enche de palavras de ordem e de imperativos éticos e políticos. Ser cristão é fazer!

Quando se vive sob a luz crepuscular – a hora do *Angelus* –, sabe-se que o trabalho ficou inacabado, o trabalho fica sempre inacabado, o tempo se encarrega de desfazer o que fizemos, as mãos ficam diferentes, deixam de lado as ferramentas, retorna-se ao lar, corpo e alma "voltam ao reduto da familiaridade".

Ao meio-dia se fazem trabalho e política. Ao crepúsculo se faz poesia. Ao crepúsculo se sabe que não seremos salvos pelas obras. Ao crepúsculo se retorna à verdade evangélica e protestante que afirma que somente a Palavra nos salvará. Ao crepúsculo comemos palavras: é a hora sacramental, a hora da poesia. Ao crepúsculo se sabe que o que importa é "ser", simplesmente "ser"...

Não, o interesse pelos sofrimentos dos homens não foi perdido. É que na hora crepuscular se compreende que "mundos melhores não são feitos; eles simplesmente nascem" (E.E. Cummings). Há uma revolução que se faz com poesia e alegria. É Neruda que o diz. A Reforma Protestante foi feita com música, cantando. Caminhando e cantando...

O ser diante da chama da vela: só olhos, só fantasia; ou diante de uma sonata de Beethoven (ah! Lênin dizia que poderia ficar ouvindo a *Appassionata* o dia inteiro, e se alegrava de que aos homens esse poder tivesse sido dado de produzir a beleza, e ficava com vontade de sair à rua e começar a abraçar as pessoas – o que é muito perigoso para quem está vivendo sob as ilusões do meio-dia...); ou como diante de um poema de Alberto Caeiro:

Sejamos simples e calmos
Como os regatos e as árvores,
E Deus amar-nos-á fazendo de nós
Belos como as árvores e os regatos
E dar-nos-á verdor na sua primavera
E um rio aonde ir ter quando acabemos...

Os deuses do meio-dia não são os mesmos do crepúsculo. Interessante notar que o dia bíblico começa com o crepúsculo, quando o sol se põe... Talvez essa seja a maneira certa (já que Deus faz tudo ao contrário): tomar como início aquilo que nossa vã sabedoria sempre achou que fosse o fim. Começar do fim... Aliás, é este o conselho que o matemático polonês Polya dá àqueles que querem aprender a resolver problemas de matemática: "Comece sempre pelo fim!". Se ainda tivéssemos Pitágoras por nosso mestre, diríamos que o que é verdade para a matemática tem de ser verdade também para a alma. Começar pelo fim! Ver a vida inteira sob a luz crepuscular!

Ao meio-dia o céu é um imenso mar azul. O tempo está parado, imobilizado. Ao crepúsculo tudo se altera: o mar imóvel se transforma em rio, as águas correm cada vez mais rápidas, as cores se sucedem, o azul passando ao amarelo, ao rosa, ao vermelho, ao roxo, para, finalmente, mergulhar na noite.

"Especialmente na medida em que se vai ficando mais velho", diz Alan Watts em seu livro sobre o taoísmo, "vai se tornando óbvio que as coisas não têm substância, pois o tempo passa cada vez mais rapidamente, de forma que nos tornamos conscientes da liquidez dos sólidos; as pessoas e as coisas se transformam em reflexos e rugas na superfície da água".

Kierkegaard estava certo. É preciso dizer a idade. Os olhos crepusculares não são olhos que veem menos: são olhos que veem diferente. Eles veem da perspectiva da morte. Pois é ela, a morte, que se nos aparece ao crepúsculo. É só ela que nos permite ver o crepúsculo.

"As nuvens que se ajuntam ao redor do sol que se põe/ ganham suas cores solenes de um olho/ que tem atentamente vigiado a mortalidade dos homens..." Esses são versos de William Wordsworth. Não, não são as cores lá fora que são belas e tristes. São as cores crepusculares que moram dentro do olhar...

Talvez você tenha se assustado quando me referi à morte. É compreensível. A vida inteira ouvimos falar mal dela. E as religiões até fazem tudo para matar a morte, para que não haja crepúsculos no mundo, para que o sol esteja permanentemente a pino. "Mas ao matar a morte a religião nos tira a vida", diz Octavio Paz. "A eternidade despovoa o instante. Porque a vida e a morte são inseparáveis. Tirando-nos o morrer, a religião nos tira a vida. Em nome da vida eterna a religião afirma a morte desta vida."

O crepúsculo é belo por causa do rio, o fluir do tempo que faz as cores mudarem...

Ouço, de Holst, o poema sinfônico *Os planetas*. Neste momento, é "Vênus: o que traz a alegria". Também a sua beleza depende do tempo que passa – os acordes se vão para dar lugar aos que vêm, até que chegarão ao fim e eu direi: "Que lindo! Pena que acabou!".

A vida e a beleza só existem por causa da morte, que torna possível que elas dancem.

D. Juan, o bruxo do livro de Castañeda, *Viagem a Ixtlan*, chama a morte de "conselheira". Ela nos torna mais sábios. Não é por acaso que a sabedoria está associada à velhice. Hegel dizia que a coruja de Minerva só abre suas asas no crepúsculo. E Roland Barthes, ao ficar velho (mas era bem mais moço do que eu), afirmava que naquele momento ele se entregava ao esquecimento de tudo o que aprendera a fim de poder chegar à sabedoria.

Que sabedoria nos ensina a morte? É simples. Ela só diz duas coisas. Primeiro, aponta-nos o crepúsculo, a chama da vela, o rio, e nos diz: *Tempus fugit* – o tempo passa e não há forma de segurá-lo. E, logo a seguir, conclui: *Carpe diem* – colha o dia como quem colhe um fruto delicioso, pois esse fruto é a dádiva de Deus.

Os poetas e artistas têm sabido sempre disso. Porque a arte é isso, pegar o eterno que cintila por um instante no rio do tempo. Como está escrito neste lindo poema de Paul Bouget que Debussy musicou e a Barbra Streisand gravou no maravilhoso CD *Classical Barbra*:

Quando, ao sol que se põe,

os rios ficam rosados,

e um leve tremor percorre

os campos de trigo,

parece das coisas surgir uma súplica de felicidade

que sobe até o coração perturbado.

Uma súplica de beber o encanto de se estar no mundo

enquanto se é jovem e a noite é bela.

Pois nós nos vamos,

como se vai esta onda:

Ela, para o mar,

nós, para a sepultura...

Num dos cadernos de Camus encontra-se o seguinte parágrafo: "Os pássaros, durante o dia, voam em todas as direções. Ao cair da noite, entretanto, dir-se-ia que eles voam para um mesmo lugar. Assim, talvez, ao cair da noite da vida...".

Eu me sinto assim: ao chegar o crepúsculo, as muitas palavras que escrevi em todas as direções reduzem-se a algo extremamente simples.

Beber o encanto de estar no mundo! Não importa que ele nos venha em pequenos fragmentos de alegria, de riso, de compaixão, de amizade, de silêncio, arroz e feijão, o abraço de amor, a poesia, as coisas do dia a dia. Se você não sabe do que estou falando, por favor, leia a poesia de Adélia Prado. São sacramentos, fragmentos de uma felicidade que nos toca de leve, para logo se ir. A felicidade é assim, não é coisa grande que vem para ficar. Sabe disso Guimarães Rosa, que dizia que ela só acontece em raros momentos de distração. Mas é justo assim que Deus vem, quando estamos distraídos, eternidade num grão de areia, reflexo do sol ido na água de um charco.

Tudo é um grande brinquedo. Brinquedo: haverá coisa mais alegre e efêmera? E é isso que nos ensina a morte, que a vida é brinquedo, não pode ser levada a sério – o que nos torna humildes e livres das alucinações de importância e de poder. Desenhos de conchas na areia, como aquele imenso cavalo-marinho de caracóis que a menina do filme *O piano* fez na praia, enquanto sua mãe tocava... Coisas que uma criança faz na praia, casas, castelos, túneis, caminhos...

E assim, num dia de tempo calmo,
embora estando em ilha distante,
contemplamos o mar imortal
que nos trouxe até aqui,
e vemos na praia as crianças brincando
e ouvimos as fortes águas eternamente
rolando...
(E.E. Cummings, citando W. Wordsworth)

Logo a maré, durante a noite, apagará tudo, e pela manhã a praia estará maravilhosamente lisa, todas as cicatrizes saradas, como se nada tivesse acontecido. Haverá metáfora mais bela para o perdão? E o brinquedo poderá começar de novo. Aquilo que foi amado deve ser repetido. Por isso afirmamos: "Creio na ressurreição do corpo": o que foi voltará.

O que aconteceu acontecerá de novo,
o que já foi feito será feito de novo,
nada de novo há debaixo do sol.
(Eclesiastes 1.9)

Tempus fugit.

Vai, portanto, come a tua comida e alegra-te com ela,
bebe o teu vinho com um coração feliz.
Veste-te sempre de branco
e que não falte óleo perfumado nos teus cabelos.
Goza a vida com quem amas todos os dias da tua vida...
Pois Deus já aceitou o que fizeste...
(Eclesiastes 9.7)

Carpe diem.

GRÁFICA PAYM
Tel. [11] 4392-3344
paym@graficapaym.com.br